MW00512809

Aflorando os sentidos

Aflorando os sentidos

ALDIVAN TORRES

Canary Of Joy

Contents

1 "Aflorando os sentidos" 1

1

"Aflorando os sentidos"

Aldivan Torres
Aflorando os Sentidos

Autor: Aldivan Torres
©2018-Aldivan Torres
Todos os direitos reservados

Este livro, incluindo todas as suas partes, é protegido por Direito de autor e não pode ser reproduzido sem a permissão do autor, revendido ou transferido.

Aldivan Torres é um escritor consolidado em vários gêneros. Até o momento tem títulos publicados em nove línguas. Desde cedo, sempre foi um amante da arte da escrita tendo consolidado uma carreira profissional a partir do segundo semestre de 2013. Espera com seus escritos contribuir para a cultura Pernambucana e brasileira, despertando o prazer de ler naqueles que ainda não tenham o hábito. Sua missão é conquistar o coração de cada um dos seus leitores. Além da literatura, seus gostos principais são a música, as viagens, os amigos, a família e o próprio prazer de viver. "Pela literatura, igualdade, fraternidade, justiça, dignidade e honra do ser humano sempre" é o seu lema.

"Aflorando os sentidos"
Aflorando os Sentidos
Capítulo XIX
Capítulo XX
Capítulo XXI
Capítulo XXII
Capítulo XXIII
Capítulo XXIV
Capítulo XXV
Capítulo XXVI
Capítulo XXVII
Capítulo XXVIII
Capítulo XXIX
Capítulo XXX
Parte Final

Capítulo XIX

A partir de Mimoso, passam pela fazenda Rosário, povoado Ipanema e fazenda Canaã e já se aproximam da sede. Em todo o percurso, intercalam-se períodos de conversa e de silêncio. A guardiã fazia questão de manter uma distância respeitosa entre ela e o patrão desde que se conheceram. Agindo assim, ela previne problemas futuros, pois, na sua opinião, os homens não são de confiança.

Foi nesse clima de harmonia que chegam na sede, especificamente em sua casa, após trinta minutos de viagem. Os dois são recebidos amigavelmente pelo restante da família e aproveitam para contar as novidades. Após, cada qual cuida de seus afazeres pendentes. Mais tarde, jantam e saem para encontrar amigos no centro. Passam lá cerca de três horas relembrando as épocas passadas. Às 22:00 Horas retornam para casa e vão dormir. E a vida se seguia.

Capítulo XX

O tempo avançou mais um pouco e chegamos ao mês de junho de 1965. Na vida familiar da família Florêncio Camargo tudo estava ocorrendo bem com cada um desempenhando sua atribuição: os negócios iam de vento em pompa, o namoro escondido de Guilherme e a guardiã do amor também, mais um semestre da escola se passara e Guilherme superara, o coração da guardiã do amor acalmara e seu passado era agora apenas uma lembrança entre muitas. De novidades, apenas o circo internacional que se achava presente na cidade por uma semana.

Como eram raras as opções de lazer no interior, a família decidiu participar de uma noite de show no circo de modo a se distraírem e divertirem-se. Saindo de casa no fusquinha, deixaram a baixa grande e deslocaram-se sentido centro até a praça da catedral, um percurso relativamente pequeno.

Em questão de minutos estão na fila da bilheteria. Após comprar o ingresso, acomoda-se nas cadeiras da frente. No horário marcado o show começa e entre as principais atrações estão: O mágico, os acrobatas, o homem cospe fogo, o domador de leões, a dança coletiva e o grupo de palhaços que interagem com o público. Inclusive ocorreu um pequeno incidente com a guardiã do amor, um palhaço enxeriu-se para ela e Guilherme não gostou e a defendeu. Por sorte, os ânimos foram acalmados e nada de grave aconteceu. Porém, a atitude de Guilherme despertou a suspeita dos pais em relação com as intenções sobre a moça.

Já no final da noite, o espetáculo terminou e eles então retornaram para a casa muito satisfeitos. Imediatamente, foram dormir. Um boa noite para eles e avancemos com a narrativa.

Capítulo XXI

Rosa Florêncio Camargo ficara realmente desconfiada com a atitude do filho diante de sua empregada. O que o levara a agir daquela forma tão enérgica e defendê-la. Por sua experiência de vida, sabia muito bem que havia algo ali e a partir daquele dia começou a observar os dois de modo a confirmar ou não suas suspeitas.

Sempre que tinha tempo, confrontava os dois com perguntas e quando estava em casa prestava atenção em cada atitude deles. Contudo, embora se esforçasse os dois não lhe davam nenhuma brecha. Foi aí que teve uma ideia gloriosa.

Num dia normal de trabalho, deixou os dois a sós esclarecendo que voltaria no horário de sempre para jantar. Contudo, ao sair de casa, pediu licença ao marido e deu uma volta na cidade para despistar, voltando para casa duas horas depois. A porta estava trancada e usando sua chave abriu-a silenciosamente de modo a não despertar a atenção.

Pé ante pé, ela atravessa a sala, passa pelo corredor e entra no último quarto à direita (O quarto do filho) onde é orientada por gemidos guturais e intensos. Sem medo, abre a porta respectiva de supetão já sabendo o que provavelmente iria encontrar.

Ao abrir, encontra o casal nu em posição constrangedora. Os dois dão um grito de espanto e vestem-se imediatamente. Pacientemente, a matriarca espera os dois se recomporem e só então entra em contato:

"Eu sabia! Vocês estavam me traindo nas minhas costas todo este tempo. Que decepção e vergonha!

"Posso explicar, mamãe! (Guilherme)

"Calado! Quero ouvir a história da boca desta empregada fuleira. (Xingou Dona Rosa)

"Calma. Também não precisa ofender. Olha, dona Rosa, eu sei que pecamos, mas é algo sem explicação. Simplesmente aconteceu. (Guardiã do amor)

"Como assim? Você não sabia que era apenas uma empregada e ele um menino de classe? Ou você pensava em sua cabecinha oca que eu permitiria? (Rosa)

"Eu sabia, mas tratei de aproveitar o melhor possível o sentimento que surgiu entre nós. (A guardiã do amor)

"Isto mesmo, mamãe. O ato foi consentido entre ambos. (Guilherme)

"Muito bem! Então não me resta alternativa senão cortar o mal pela raiz. Guilherme, amanhã mesmo você viajará para capital e ficara lá em definitivo. Guardiã, a partir de agora está expulsa da minha casa. Tem duas horas para arrumar suas coisas. (Rosa)

"Mamãe, pense melhor. Não podes fazer isso. (Guilherme)

"Posso e farei. (Rosa)

"Estou grávida do seu filho. (Revelou a guardiã do amor)

"Como é? (Rosa)

Aquela notícia caíra como uma bomba. Como assim um filho? Aqueles dois jovens passaram dos limites e agora as consequências eram inevitáveis. Diante disto, Rosa analisa a situação (Prós e contras) e tem que tomar uma decisão muito dura mesmo contrariando sua fé católica. O que não podia permitir era que aquela garota acabasse com a reputação de sua família.

"Este filho não é bem-vindo. Suma daqui e não dê mais notícias. Foi um erro trazê-la para minha casa. (Rosa)

"A senhora é um monstro! (Guilherme)

"Deixa, Guilherme, de certa forma ela tem razão. Eu devia ter me enxergado. Vou embora! (Guardiã do amor)

"Muito bem! Filho, você me dará a razão no tempo certo. Tenho certeza. (Rosa)

Conformada, a guardiã do amor retirou-se do quarto do seu amado e com poucos passos chegou no seu quarto de empregada. Lá, tratou de arranjar suas trouxas rapidamente. Em menos de uma hora já fica pronta para sair daquele lar onde pela primeira vez sentira o gosto da felicidade. Que tragédia! Parecia que sua sina era a infelicidade por mais que se esforçasse por conta das quatro chibatadas que seus pais lhe deram quando criança. Maldita hora aquela!

Do seu quarto de empregada, passa por todos os obstáculos, chega na sala e procura a saída sem se despedir. Era o melhor a fazer por conta do sofrimento imposto pela separação. Ao ultrapassar a porta, tem acesso às ruas e no momento encontrava-se sem destino começando a andar a esmo. E agora? O que seria de nossa amiga? Continuem acompanhando sem perder nenhuma das cenas.

Capítulo XXII

Logo após percorrer dois quarteirões no bairro baixa grande e chegar ao centro, a guardiã para assustada. O que faria de sua vida? Fora expulsa pelos seus pais e agora por sua família postiça e não sabia a quem mais recorrer. Estava completamente só com uma cruz imensa a carregar.

Tinha que tomar uma decisão urgente e definitiva. Analisando com cuidado a situação atual, conclui que a única saída era lutar ou pedir ajuda. Não, não daria o gosto de se entregar aqueles que sem dó e pena a jogaram no mundo como cachorro sarnento. Era preciso ser forte e continuar mesmo não tendo perspectiva no momento atual.

Era preciso agir. Como já conhecia bem a cidade, ela desloca-se alguns metros do ponto onde estava e procura o único abrigo da cidade. Chegando no local, um prédio de 17 × 7 metros, todo avarandado e murado, único andar, com dois portões de entrada avança com esperanças. Encontrando o portão entreaberto, dirige-se à recepção onde encontra uma atendente. Inicia então um contato:

"Bom dia, eu sou a guardiã do amor e preciso falar com a gerente ou dona do local.

"Bom dia. Eu me chamo Vanessa Góis. Pode falar comigo, eu sou a filha da dona.

"Bem, vocês poderiam me receber?

"Este é um abrigo para doentes e velhos. Mas diga-me o que aconteceu.

"Acabo de ser expulsa duma casa pela segunda vez. No momento não tenho para aonde ir nem a quem recorrer.

"O que você fez?

"Isto é uma coisa particular e não vem ao caso. Você pode me ajudar?

Vanessa olha a jovem diante de si dos pés à cabeça e sente interiormente uma grande pena dela. Tão jovem e cheia de problemas.

Subitamente, lembra de que a mãe mencionara que gostaria de ter uma empregada que ajudasse nas tarefas domésticas. Volta então a manter o contato.

"O que você sabe fazer?

"Cozinho, passo, limpo, sou responsável, não tenho frescura. Estou pronta para servir.

"Olha, você aceitaria acompanhar-me até a minha casa e fazer um teste? Somos apenas em duas, mãe e filha que se revezam nos trabalhos do abrigo e nos estudos. Precisamos de uma mão amiga para nos ajudar.

"Se fosse possível, seria um prazer.

"Então o que estamos esperando? Acompanhe-me mulher.

"Está bem. Vamos!

As duas saem por um momento deixando a administração do abrigo na mão de outra pessoa. Atravessam o pátio principal, os dois portões de entrada e tem acesso às ruas. Do outro lado da avenida, está estacionado o carro de Vanessa" Um fusca prata" e ambas se aproximam dele. Instantes depois, já adentram no carro e dão a partida. Pegam uma rua central sentido prado onde no comecinho localizava-se a residência da família.

Enfrentando um trânsito normal, as duas avançam nas famosas ruas pesqueirenses. Para a guardiã, naquele momento, nada mais importava a não ser a entrevista com a possível patroa e tenta ficar o mais calma possível. Era preciso demonstrar autocontrole e confiança desde os primeiros momentos.

Em questão de poucos minutos, já chegam no destino (Uma casa simples de treze metros de comprimento com seis metros de largura), estacionando o carro às margens da casa. Elas descem do veículo, fecham-no e seguem em direção à porta de entrada. Ao encostar na porta, Vanessa tira da bolsa sua chave particular, experimenta na porta e com dois giros já consegue abri-la.

As duas tem acesso à sala simples e única da casa e anunciam a sua presença a matriarca que se encontrava na cozinha. Ela então desloca-se de onde estava até o primeiro cômodo da casa, onde são feitas as apresentações.

"Mamãe, esta é a guardiã do amor, candidata ao posto de empregada doméstica. (Vanessa Góis)

"Muito bem! Eu me chamo Gertrudes Góis. Muito prazer.

"Prazer também. A sua filha teve pena de mim e trouxe-me para fazer um teste como empregada. Contei-lhe minha situação precária e ela compadeceu-se. (Guardiã do amor)

"Que bom! Estamos precisando de uma empregada mesmo. Minha filha é assim mesmo, tão boa que a chamam compadecida. O orgulho da mãe. (Gertrudes)

"Obrigada. Eu também te amo. (Vanessa)

"Bem, está pronta? Podemos começar o teste? (Gertrudes)

"Quando a senhora quiser. (Guardiã do amor)

"Então acompanhe-me, querida. (Gertrudes)

Da sala caminham alguns passos e chegam na copa. Orientada pela anfitriã, a guardiã do amor vai realizando os serviços comuns aos quais já estava acostumada. Ela cozinha, limpa, passa o pano no piso azulejado e organiza os alimentos no armário. Ao final de todos estes procedimentos, seu trabalho é avaliado pela futura patroa. A dona da casa volta a tomar a palavra:

"Olha, depois de tudo o que você fez, posso dizer que gostei do seu trabalho. Foi uma atividade bem planejada e organizada. Se você não se importar em ganhar um pouco (O salário mínimo mensal da época) desde já está contratada.

"Eu não me importo. Posso morar aqui? (Guardiã)

"Temos um quarto vago, é bem simples sabe.

"Tudo bem. É o bastante para mim. Obrigado pela oportunidade.

"Por nada. Bem-vinda. Deixe-me lhe mostrar suas acomodações.

"Está certo.

Elas caminham um pouco e chegam ao quartinho da área de serviços que ficava ao lado da cozinha. No ambiente estreito e curto, a guardiã começa a arrumar as coisas dela com a patroa. Terminam tirando todas as tralhas, bagulhos e lixo. Agora, podia se dizer que estava um quarto apresentável.

Gertrudes libera a guardiã por duas horas de descanso e como já era tarde avançada só voltariam a encontrar-se á noite. Vanessa voltara para administrar o abrigo e também só retornaria á noite.

A guardiã aproveita o tempo para tirar um cochilo em sua cama. Mais uma etapa do seu destino estava cumprida. Neste instante, nada mais importava. Queria descansar sem pensar no futuro ou nas consequências dos seus atos.

Foi neste intento que relaxou em seu leito. Um pouco depois, entra no mundo dos Deuses através dos sonhos. Os seus sonhos sempre a conduziam para o caminho certo, mas ela teimava em não os obedecer. Isto fazia parte de sua personalidade, independente e dominadora. Em sua opinião, ela e ninguém mais teria a responsabilidade de escolha, e sendo certa ou não estava pronta para enfrentar o futuro. Futuro marcado pelas quatro chibatadas que levara quando criança do qual herdara um carma praticamente indestrutível. Porém, não era o momento para se preocupar com isso.

Neste dia em questão, seu sonho versa sobre o estado atual e o passado. Em relação ao estado atual, vê suas novas amigas e o apoio verdadeiro que recebera; em relação ao passado, era atormentada pela irmã e pelo fantasma dos pais que insinuavam sua culpa. Não, absolutamente não era a dona do mundo e não fora responsável pela morte dos pais. No máximo causara-lhe um desgosto que não fora superado por falta de contato e que não tinha mais remédio. O máximo que poderia fazer era rezar pela alma deles e confortá-los onde quer que estivessem. Fim da polêmica.

Duas horas depois, acorda sobressaltada com a patroa lhe chamando. Logo depois, refeita do susto, levanta-se pausadamente de modo a não estressar o organismo. Estava na hora do jantar. Graças a Deus, cumprira com as obrigações á tarde e com a patroa e mais nova amiga fizeram um trabalho majestoso em sua humilde opinião.

Do quartinho em que estava são apenas alguns passos firmes, seguros e altivos. Pronto, chegara na cozinha e senta-se na mesa em companhia das duas senhoras, a mãe e a filha.

Cada uma tem liberdade suficiente para encher seu próprio prato e ao realizar a operação começam a se alimentar com o cardápio variado

(Angu, charque, arroz, feijão, farinha de mandioca e de sobremesa frutas tropicais típicas (manga, uva, banana e mamão). Enquanto comem, uma conversação se inicia.

"De onde você é mesmo, guardiã? (Gertrudes)

"Sou natural da montanha do Ororubá, em Mimoso. Meu povoado é uma terra tranquila e abençoada. Pena que tive que sair de lá. (Guardiã do amor)

"Eu sei. Já fui lá, realmente é um lugar de paz. (Gertrudes)

"Por que saiu? Podemos saber? (Vanessa)

"Saí por conta de desentendimentos familiares. Após, vim para Pesqueira, para a casa de Dona Rosa e trabalhei um tempo. Mais uma vez não deu certo e fui despejada. Agora, estou aqui com vocês. (Guardiã do amor)

"É assim mesmo, amiga. Todos temos problemas e o importante é não baixar na cabeça e seguir em frente. (Vanessa)

"Estou tentando. Agora, falem um pouco de vocês. (Guardiã do amor)

"Bem, minha vida não foi lá também essas coisas. Oriunda de Recife, sou formado em assistência social, e trabalhei por muito tempo nesta área. Tive um momento na minha vida que sentei e conversei com meu companheiro e, de comum acordo, deixamos a capital e viemos a Pesqueira a fim de abrir a casa de asilos. Aqui fomos felizes por um tempo, tivemos uma bebê que hoje é a Vanessa e tempos depois meu companheiro veio a falecer. Foi um grande choque em nossas vidas. Perdi o amor da minha vida e Vanessa perdeu a figura paterna do pai. No entanto, a vida teria que continuar e era isto que o falecido desejaria se estivesse vivo. Gradualmente, fomos retomando a rotina diária, expandimos nossas atividades, Vanessa cresceu e formou-se na minha mesma área. Dividimos trabalho, casa e lazer e a sua chegada vem nos trazer uma boa fuga. (Gertrudes)

"Desde que me entendo de gente, acompanho minha mãe nesta trajetória. Amo pesqueira, o estado de Pernambuco e a maioria das pessoas daqui (Risos). Porque tem certo tipo de pessoa que realmente é intragável. (Vanessa)

"Sei como é. A vida é assim mesmo. O importante é cada um respeitar o espaço do outro. (Guardiã do amor)

"Concordo. (Vanessa)

"E quais perspectivas tem para o futuro? (Gertrudes)

"Eu não sei ainda. Eu já tive tantas decepções que não espero muita coisa. Quero apenas trabalhar e seguir com minha vida. (guardiã do amor)

"O tempo é o melhor remédio. Não há nada que resista à sua ação. (Gertrudes)

"Tomara. (Guardiã do amor)

"Bem, seja muito bem-vinda a esta casa. Qualquer problema, é só nos procurar, está bem? (Gertrudes)

"Obrigada. (Guardiã do amor)

"Isto. Seremos como amigas. (Vanessa)

"Ainda bem! Estou muito feliz com este novo começo de vida. (Guardiã do amor)

A conversa instantaneamente parou e elas prosseguiram com a refeição. Trinta minutos depois, elas já estão livres e aproveitam o tempo para assistir na Televisão com cor Preto e Branco, as famosas novelas. Ao fim, escutam música no rádio de pilha e mais tarde, conversam mais um pouco. Às 23:00 Horas vão dormir. Chegava ao fim um dia realmente importante na vida da guardiã do amor, um dia de tomada de decisão e renovação. Que bom que tudo tinha dado certo.

Capítulo XXIII

Nos outros dias, a rotina de trabalho repetiu-se sem maiores novidades e a guardiã gradualmente começou a cativar as novas amizades. Como era bom viver no meio de duas mulheres e preferencialmente sem homens que eram um grande problema. Pelo menos não corria um risco desnecessário de se machucar novamente.

Num dia normal de turbulências e esforço, sentiu-se mal indo ao banheiro com um sangramento vaginal. Sentando no vaso sanitário, acabou por expulsar o feto do seu organismo e isto lhe trouxe tristeza e alívio ao mesmo tempo. Tristeza por perder um filho e alegria por não ter que carregar esta responsabilidade para o resto da vida. Estava livre das influências da família Florêncio Camargo.

Após dar uma descarga no vaso sanitário, as evidências de que estava grávida sumiram e as novas patroas nunca saberiam do fato. Estava bem de saúde e continuaria a seguir firme em sua nova trajetória. Avante, sempre!

Capítulo XXIV

O tempo foi avançando: A guardiã do amor adaptara-se ao trabalho e realmente deixava as coisas mais folgadas para suas duas patroas. Agora, elas tinham um tempo maior para passear e se dedicar ao trabalho social-paixão das duas Com mais afinco.

Paralelo a isso, a amizade entre as três foi crescendo a ponto de não a considerarem apenas uma empregada. As duas jovens, Vanessa Góis e a guardião do amor eram praticamente inseparáveis.

Gradualmente, a guardiã foi conhecendo melhor Pesqueira e seu círculos sociais. Num dos eventos que participou, uma festa da comunidade do bairro, teve a oportunidade de conhecer alguém especial: Um mulato forte, pernas grossas, quadril definido, mãos pesadas e sensuais, esbelto, alto, peito peludo e dono de uma voz firme no momento que fala com ela:

"Muito prazer, senhorita guardiã do amor. Meu nome é Rodolfo Sales. Prazer.

"O prazer é todo meu. (Guardiã do amor)

"Bem, você e a Vanessa estão convidadas a visitar minha mesa e brindar comigo. Pode ser? (Rodolfo Sales)

"O que acha Vanessa? (Guardiã do amor)

"Acho ótimo. O Rodolfo é um cavalheiro e não devemos desapontá-lo. (Vanessa)

"Eu não aceito recusas. Vamos? (Rodolfo Sales)

"Está bem. Iremos. (Guardiã do amor)

Rodolfo Sales estira o braço e delicadamente a guardiã do amor aceita ser guiada. No outro, Vanessa também se coloca. Aquele homem era um sonho de consumo e devia ter muitas mulheres aos seus pés. A guardiã não via sentido em seu súbito interesse pela mesma.

Após atravessar todo o pátio da festa, eles chegam na mesa, localizada no centro, na primeira fila. Gentilmente, ele puxa as cadeiras para as duas jovens e após tê-las acomodado também senta. Uma interessante conversa inicia-se entre eles.

"Bem, agora falemos de nós. De onde você é mesmo guardiã? (Rodolfo)

"Sou oriunda da montanha do Ororubá, no pujante povoado de Mimoso. Em seu topo, há uma gruta majestosa que pode tornar o impossível possível tornando o seu solo sagrado. (Guardiã).

"Caramba, é mesmo? Fiquei interessado. Qualquer dia desses você nos convida para ir lá. (Rodolfo)

"Pode ser, mas aviso logo que é um lugar bem simples, diferente da mordomia da cidade. (Guardiã do amor)

"Eu não tenho problemas com isso e você? (Rodolfo)

"Também não. Adoro Passeios. (Vanessa)

"Então fica combinado que iremos assim que nossos compromissos permitirem. (Rodolfo)

"Como é sua rotina, Rodolfo? (Guardiã do amor)

"Sou sócio de uma loja de roupas. Passo o dia cuidando da administração do negócio. E você? O que faz? (Rodolfo)

"Sou apenas uma empregada. (Guardiã do amor)

"Que nada, Rodolfo! Ela é mais que isso, uma amiga para todas as horas e que já sofreu muito. (Vanessa)

"Entendo. Eu não me importo. Qualquer trabalho é digno e se você ganhou a confiança da família Góis é porque é dona de um espírito genial. Sinta-se em casa. Além do que você é muito bonita. (Rodolfo)

"Obrigada. São seus olhos. (Guardiã)

"Olha, devo confessar que estou extremamente tocado com sua simplicidade, guardiã do amor, e queria conhecê-la melhor. Onde estão seus pais para eu fazer o pedido oficial? (Rodolfo)

"Eles estão mortos! (Guardiã do amor)

Rodolfo cai para trás. Que mancada! Sem querer, havia tocado num ponto muito sensível e doloroso da querida moça. Agora, a única solução seria remediar o ocorrido.

“Desculpe-me, eu não sabia. (Rodolfo)

“Não há problema. (Guardiã do amor)

“Na falta dos pais, minha mãe é a responsável. Está convidado para o almoço de domingo e fazer o pedido oficial, seu Rodolfo. (Vanessa)

“Obrigado. Irei com certeza. (Rodolfo)

“Bem, vamos, guardiã? Mamãe deve estar preocupada. (Vanessa)

“Sim, vamos. Obrigado por tudo, Rodolfo. (Guardiã)

“Por nada, gata. (Rodolfo)

Com beijos e abraços, as duas amigas despedem-se finalmente. Do local onde estavam vão ao estacionamento, onde ficara o fusquinha da família. Elas adentram no automóvel, acomodam-se e felizes como nunca, partem em direção à residência Góis, no caminho de retorno.

Mesmo com o grande tráfego enfrentado, eles chegam em casa em paz pouco tempo depois. Na mesma hora que chegam, cada qual dirige-se a seus aposentos com cuidado para não despertar a mãe, pois já era tarde. Iriam descansar e preparar-se para o domingo. A guardiã sonhava com um gato lindo, um gato chamado Rodolfo: Rico, mulato, forte, gentil, um verdadeiro colírio para uma mulher. Continuem acompanhando, leitores.

Capítulo XXV

O domingo chega rápido tamanho a ansiedade da guardiã do amor e todos os envolvidos. No dia combinado, desde cedo, começam a preparar o almoço e ornamentar a casa para receber a visita do ilustre empresário. Tudo tinha que ficar perfeito.

Em uma grande correria por parte dos anfitriões, tudo fica pronto ao meio-dia. Então descansam um pouco e esperam a chegada da importante visita. Por sorte, não tem que esperar muito. Exatamente às 12:15Horas ouvem uma batida na porta e a guardiã desloca-se para atender.

Ao chegar junto à porta e abri-la, ela encara o seu candidato a namorado sorridente, tranquilo e feliz. Ele entra na casa, oferece o braço a jovem, ela aceita, eles fecham a porta e juntos dirigem-se à copa onde tudo ficaria oficial.

Da sala até a copa, são apenas alguns passos dados. Chegando no local, eles assentam-se lado a lado na mesa posta, ajeitam suas roupas e começam a servir-se. O cardápio é variado com as seguintes opções: angu, arroz, feijão, farinha de mandioca, verduras, frutas e suco. Enquanto comem, uma conversa é iniciada:

"Bem, rapaz, quais são suas intenções com esta moça? (Gertrudes)

"Estou a cortejá-la e vim a pedir em namoro junto à senhora. Minhas intenções são sérias, puras e verdadeiras. (Rodolfo)

"Está bem. Conheço você, é de uma boa família, mas queria que você esclarecesse alguns boatos que correm por aí. Em relação à sua saúde. (Gertrudes)

"Sei que se trata. Falam que sou um deficiente mental, mas não me considero assim. Sabe, eu tomo remédio e vivo uma vida completamente normal. (Rodolfo)

"Quer dizer que você é doente? (Vanessa)

"Eu já disse: Não me considero um doente. (Rodolfo)

"Qual é o seu problema? (Guardiã do amor)

"Epilepsia e esquizofrenia. (Rodolfo)

As palavras de Rodolfo caíram como uma bomba na vida da guardiã. Não era possível! Logo agora que estava começando a gostar dele ele vinha com esta declaração bombástica. E agora? O que faria? Será que seu preconceito era maior que a sua afeição? Por instantes, analisa friamente o caso e finalmente toma uma decisão definitiva.

"Olha, Rodolfo, você é uma pessoa maravilhosa, mas agora que acabou revelando a verdade, eu decidi não continuar. Não é nada contra sua pessoa. Porém, não quero enfrentar mais problemas na minha vida. Fica só na amizade, está certo? (Guardiã do amor)

"Se você decidiu assim, eu respeito. Talvez esteja perdendo a oportunidade em sua vida de ser feliz. (Ressaltou Rodolfo)

"Pode ser. Mas não quero arriscar. Eu ainda sou jovem. (Guardiã do amor)

"Tudo bem. Vou embora então! Obrigada a todas pelo almoço. Mais uma vez o preconceito venceu. (Rodolfo)

Irritado, Rodolfo Sales sai do recinto sem ao menos terminar de almoçar. A recusa da guardiã encerrara com suas esperanças e não tinha sido a primeira rejeição. Outras mulheres preferiam a comodidade a viver com um homem que diziam ser doente mental. Era uma sina horrível ficar sozinho semelhante à da guardiã do amor que tinha levado quatro chibatadas quando criança. Mas não podia culpar só o destino, cada um é responsável pelos seus próprios atos.

Com esta certeza, sai da casa da família Góis em definitivo e iria recomeçar a sua busca por alguém especial. Mesmo que não alcançasse resultados rápidos, ainda havia uma esperança. Quem sabe não haveria ninguém capaz de amá-lo e que não importasse com seus defeitos. O amor verdadeiro é capaz de tudo crer, suportar, renunciar e se entregar sem reservas.

Rodolfo Sales adentra em seu fusca e dirige-se a sua residência no centro. Uma boa sorte para ele em sua nova tentativa. Já nossas três amigas terminam o almoço em silêncio e tristes. Tinha sido uma decisão difícil e talvez errada da guardiã, mas necessária. Ninguém na casa a recriminou. Agora, só restava seguir em frente e descobrir o que o destino guardava.

No restante do dia, seguiram com suas obrigações normais. À noite, saíram a passeio pelas ruas do centro e na volta foram dormir. Mais um dia completado e notadamente pesaroso. Boa sorte a todos.

Capítulo XXVI

A recusa da guardiã em namorar um epiléptico tinha sido uma desilusão nas pretensões de suas amigas que objetivavam vê-la feliz e casada. No entanto, ainda não era o fim. Elas tinham um ciclo social grande em Pesqueira e novas oportunidades surgiriam. Quem sabe, dentre elas, estaria o príncipe encantado desta querida personagem.

O importante era preparar o terreno para uma nova tentativa e exatamente o que planejam Vanessa e Gertrudes Góis. O tempo passou um pouco e a primeira oportunidade surgiu: confraternização no abrigo onde foram convidados os familiares dos velhos, doentes e mendigos que estavam hospedados lá.

Este dia era um sábado, a casa Góis encontrava-se fechada e os integrantes da família estavam reunidos com os convidados. O motivo da comemoração eram os vinte e cinco anos de vida da instituição.

A festa estava agitada, com banda de forró pé de serra, comes, bebes, dança, alegria e interatividade entre os presentes. Fora armado um palco central e, ao redor dele, mesas com cadeiras foram formadas. Na mesa central, estavam apenas a família Góis e sua empregada. Repentinamente da mesa oposta, sai um jovem manco e aproxima-se da mesa deles com dificuldade.

Chegando mais perto, percebe-se que se trata de um jovem baixo, claro, olhos verdes, bunda carnuda e bem feita, magro, nariz afilado, boca média, sobrancelha espessa e traços no rosto feito pelo sol e pelo tempo, quadril regular, braços grossos e pescoço médio. Encostado na mesa, ele faz questão de se apresentar:

"Oi! Meu nome é Felipe Gueiros. Posso sentar ao lado de vocês?

"Claro, jovem. À vontade. (Gertrudes)

"É uma honra para nós, Felipe. (Vanessa)

"É um prazer para mim também. (Guardiã do amor)

Felipe puxa a cadeira e senta-se. Reinicia então a conversa:

"Bem, quero parabenizar pelo trabalho social a família Góis. Sem vocês, muitos daqui, estariam abandonados, pois, a política social em nosso país é da exclusão. Muito obrigado por tudo.

"Fazemos apenas nossa obrigação. (Gertrudes)

"Estamos aqui para servir. (Vanessa)

"E você, bela garota, quem é? (Felipe Olhando para a guardiã do amor)

"Sou a guardiã do amor. Sou a empregada da família.

"Então parabéns também. Você faz parte de tudo isso. (Felipe)

"Obrigada. (Guardiã do amor)

"A guardiã é muito mais que uma empregada. É nossa amiga. (Gertrudes)

"É uma irmã que nunca tive. (Vanessa)

"Assim vocês me deixam sem graça. (a Guardiã Enrubescida)

"Mesmo sem graça, você fica bonita. Com certeza, você merece tudo o que lhe está acontecendo. (Enfatizou Felipe)

"Mas nos diga Felipe, como andam as coisas no Recife? (Vanessa)

"Faz seis meses que estou lá e tudo é muito novo para mim: A cidade grande, a faculdade, os novos amigos, as praias, os museus, os teatros, as ruas. No momento, estou em férias aqui na cidade e resolvi prestigiá-las. Rever o meu avô também e foi um grande prazer. Ele vem tomando os remédios da forma correta? (Felipe)

"Sim. Eu mesma venho cuidando disso apesar de muitas vezes ele se nega a tomar. Contudo, eu sempre dou um jeito e o convenço. (Vanessa)

"Ainda bem! Fico mais tranquilo. (Felipe)

"O Totonho é ainda um homem forte. Viverá muitos anos. (Gertrudes)

"Tomara. (Felipe)

"Porque você não cuida do seu avô? (A guardiã do amor)

"Eu não posso. Estou na faculdade, tenho que estudar, fazer estágio, cuidar de uma casa. Prefiro deixar nas mãos competentes da família Góis mesmo com o coração partido. (Explicou Felipe)

"Eu entendo. Sempre me ensinaram que família é primordial, eu não dei o valor necessário e hoje sofro. Não queria que alguém passasse pelo mesmo que eu. (Guardiã do amor)

"Cada caso é um caso. Eu ainda tenho meus pais, meu avô está em boas mãos e prezo bastante minha família. Não se preocupe, nada acontecerá. (Felipe)

"Ainda bem! (A guardiã do amor)

"Ela tem um pouco de trauma, pois perdeu os pais recentemente. (Explicou Vanessa)

"Está explicado. E o namorado? (Felipe)

"Estou sozinha. Está difícil a situação para eu arranjar alguém. (A guardiã do amor)

"Está sozinha porque quer. Quer ser minha namorada, garota? (Felipe)

O pedido inesperado fez o coração da guardiã bater mais rápido e gelar sua mão. Que audácia! Aquele garoto não a conhecia mais do que cinco minutos e já lhe pedia em namoro. A conversa estava tão boa e chegava agora num ponto crítico. Por mais chato e inconveniente, teria que lhe dar uma resposta à altura.

"Não, obrigada. Não tome como algo pessoal nem fique chateado, mas você não faz o meu gênero de homem.

"Está certo. Não estou satisfeito, mas você tem todo o direito. Obrigado pela sinceridade. (Felipe)

"Por nada. (Guardiã do amor)

"Bem, já vou indo. Obrigado pela atenção. (Felipe)

Visivelmente descontente, Felipe levanta-se da cadeira e volta para o lugar onde estava. Enquanto isto, a festa continua. Com olhar de desaprovação, as duas patroas olham para empregada e comentam.

"Olha o que está fazendo, menina. É o segundo que você dispensa. (Gertrudes)

"Daqui a pouco não sobrará nenhum homem para você. (Vanessa)

"Desculpem as duas. Mas não namoro mancos. (A guardiã do amor)

"Quem escolhe muito termina se complicando. (Alertou Gertrudes)

"Eu sei. O que quero agora é voltar para casa. Posso? (A guardiã do amor)

"Pode ir. Vanessa, leve ela. Ela quer um tempo para pensar. (Gertrudes)

"Está bem, mamãe. Vamos, guardiã? (Vanessa)

"Sim. (Guardiã)

As duas levantam-se e sem maiores despedidas encaminham-se a saída. Após ultrapassá-la, deslocam-se até o fusquinha que estava numa rua próxima. Em cinco minutos, já estão adentrando no veículo e dando a partida. Daí até em casa o trajeto é completado em poucos minutos tamanha a velocidade desenvolvida do veículo. Vanessa deixa a guardiã e retorna para a festa. Sozinha na casa, a guardiã tem tempo para pensar um pouco e só então vai descansar. O que seria mesmo de sua vida? Parecia que não existia ninguém no mundo capaz de completá-la.

Capítulo XXVII

No outro dia e nos dias seguintes a guardiã concentrou-se em seu trabalho e numa fossa total. O que acontecia com ela? Por mais que suas amigas se esforçassem para lhe arranjar alguém, não achava uma pessoa capaz de suprir suas exigências. Apesar de ser a guardiã do amor, queria arranjar alguém lindo por dentro e por fora, sem problemas e que a compreendesse.

Achar este indivíduo era uma grande aventura que nem seus grandes poderes poderiam facilitar. Queria encontrar o perfeito gênero humano, algo inalcançável. Mas por que agia assim? Voltemos ao seu passado. Vivendo situações amorosas conflituosas, fora traída, duas vezes despejada, encontrara caras interessantes, mas cheio de defeitos o que a fizera desistir até de iniciar um relacionamento. Nada realmente estava dando certo e estas frustrações tornaram seu coração um lugar fechado e intransponível. A maldição das quatro chicotadas estava tendo um efeito formidável. O que fazer?

A solução dos problemas ou pelo menos a atenuação deles estava no aspecto psicológico e humano da dita mulher, ou seja, dependia da iniciativa dela mesma. No entanto, quem estava ao seu lado entendia pouco disto e continuariam insistindo em apresentar-lhes mais dependentes sem a devida preparação.

Um exemplo disso foi no próximo evento social, uma festa de casamento de amigos. A família Góis fora convidada e compareceu em peso. Após as apresentações formais, os jovens fizeram uma roda de amigos entre eles e formaram casais para contradança. Despretensiosamente, a guardiã ficou com Roberto Estevão, o irmão do noivo, (Um branco, baixo, mas com corpo muito esbelto) e desde o começo ele mostrou-se interessado em puxar conversa com ela. Roberto Estevão fazia parte duma família de juristas famosos no estado de Pernambuco que decidira casos notáveis envolvendo a corrupção e a criminalidade. Eles eram conhecidos como os homens da balança e da sabedoria.

Como não levava nada a sério, a guardiã apenas dançavam com o mesmo sem maiores pretensões. Ao separar-se, as duas patroas a fizeram chamar o rapaz novamente para sentar-se junto delas, na mesa respectiva. Elas ambicionavam o relacionamento e pensavam que o poder financeiro era exatamente o que a guardiã precisava para ser feliz e esquecer definitivamente seus dissabores e pobreza. Era mais uma tentativa de empurrar alguém para ela mesmo que as intenções fossem boas.

A conversa se inicia.

"Roberto Estevão, o que achou da nossa amiga, a guardiã do amor? (Gertrudes)

"Uma pessoa bonita, educada. Porque não me apresentaram antes? (Roberto)

"Obrigada. (Guardiã do amor)

"Não tivemos uma boa oportunidade. Como diz o ditado, para tudo tem o dia e a hora. Este dia foi hoje. (Gertrudes)

"Que bom! Também acho. (Roberto)

"Roberto, você não estava procurando uma mulher para casar? A guardiã é uma ótima pessoa. (Sugeriu Vanessa)

"Sim, estou procurando. (Confirmou Roberto)

"Por favor, não me diga que um homem como Roberto, um jurista famoso, se interessaria por uma simples empregada. Eu não vivo num conto de fadas para acreditar nisto. (Guardiã do amor)

"Você não me conhece, cara guardiã. És o tipo de mulher que todo homem deseja, em especial para ser esposa. Eu não me importo com sua condição social. Quero é casar. (Roberto)

"E seus pais? (Guardiã)

"Já sou independente e ninguém manda na minha vida. Pode confiar, viu? (Roberto)

"Está bem. (Guardiã)

A guardiã mal pode acreditar no que está ouvindo. Como pode? Acabou de conhecer o rapaz e ele já lhe pedira em casamento? Ou dinheiro dava em árvore, ou algo macabro se escondia atrás disto. O seu sentido de alerta pisca mais que nunca, mas inocentemente ela termina acreditando. Agora adentra numa vida a dois a qual estava predestinada desde criança e que viessem as consequências e o estigma das quatro chibatadas.

"Então fica certo assim. Que tal marcarmos o casamento daqui a um mês? (Indaga Gertrudes)

"Já? (Espanta-se a guardiã)

"Não se preocupe, meu amor. Um mês para mim, está ótimo. Podem fazer os preparativos para a festa que pago tudo. (Roberto Estevão)

"Ótimo. Eu e Vanessa faremos de sua festa um acontecimento inesquecível e de brinde levarás a noiva para seu seio de amor. Faça bom proveito. (Gertrudes)

"Sei disso, confio plenamente em vocês. Conheço a Vanessa e ela é bem organizada. (Roberto)

"Obrigada. (Vanessa)

"Isto é um sonho? (Pergunta a guardiã)

"Apenas a realidade e que realidade. (Roberto)

A frase de Roberto escondia uma triste intenção. Proveniente de família rica, nos últimos meses, vivia atormentado pelos pais pelo fato de ser solteiro e já ter quase quarenta anos. O motivo era sua constante troca de parceiras que já lhe renderam a alcunha de pegador de mulheres. Os pais insistiam para que mudasse de vida, mas devido sua fama nenhuma mulher de seu círculo social o aceitava para casar. Caso não casasse, seria deserdado. Então este súbito interesse pela guardiã nada mais era que um plano para não perder seus bens, que Vanessa e Gertrudes faziam parte. Moral da história: provavelmente, alguém sairia bem machucado desta manobra.

Roberto deu um beijo na futura esposa, despediu-se das demais e foi cuidar de alguns processos pendentes na justiça. A família Góis despediu-se dos noivos e dos convidados e também foi embora. Saindo da mansão dos Toledo, encaminharam-se a rua onde o carro da família estava estacionado. Chegaram no veículo, acomodaram-se e deram a partida. Pronto! São apenas alguns minutos até chegar em casa e descansar. A partir do próximo dia, os preparativos para o novo casamento começariam. Que o destino se cumpra!

Capítulo XXVIII

Os preparativos começaram. Foram feitos os convites, alugado o centro social, encomendaram o banquete a profissionais, o vestido da noiva foi comprado a rendeiras da cidade e comunicada a decisão a família. Estes acontecimentos ocorreram durante o período de um mês sem maiores incidências. Os dois noivos viam-se aos finais de semana de modo a conhecerem-se melhor. Mesmo o relacionamento sendo de fachada, eles teriam que ter algum entrosamento para se suportarem.

Chegara o grande dia. Luzes, festa, show de forró, comidas, convidados, familiares de ambos os noivos, conhecidos, padre e juiz. Estes eram os ingredientes da cerimônia religiosa a qual prometia. O evento iniciou-se às 18:00 Horas e com término marcado para as 22:00 Horas.

Primeiramente, houve a consagração religiosa. Após, música, cumprimentos, conversa entre os presentes, dança e muita agitação. Era a noite de sonhos da guardiã com qual nunca sonhara. Ali, estava ao seu lado um noivo gracioso, gentil, educado e atencioso que lhe prometia cuidado e amor eternos. Pura ilusão.

Logo após o término da festa, os noivos partiram para a sua nova casa que fora construída num terreno anexa a casa principal da família Toledo. Chegando no ambiente de dimensões 15 × 6metros, murada e cercada, os dois foram ao quarto onde iam sacramentar as relações nupciais. Num clima de quase romantismo, os dois deitaram na cama e amara-se a contragosto. Após o primeiro gozo, Roberto caiu de lado, disse que estava cansado e dormiu o que foi uma frustração para noiva. Que insensível! Quer dizer que ela era apenas uma marionete de sexo e nada mais? Em sua cabeça, imaginava os dois dormindo agarrados um ao outro. Agora, estava jogada ao lado sem maiores explicações. Desgostosa, caiu de lado e também dormiu tentando esquecer a má impressão. Avancemos.

Capítulo XXIX

No outro dia e nos próximos cada um dos nubentes começou a desempenhar o papel respectivo na relação. Enquanto o esposo cuidava da sua profissão a esposa cuidava da organização da casa. Era a típica organização familiar da década de sessenta. Contudo, não iam, além disso. Tudo era conforme a praxe: trabalho, contato e relações sexuais ao final do dia. O amor não era o foco no momento.

Roberto Estevão Toledo permaneceu basicamente com a vida de solteiro: participava de festas, encontros sociais, orgias com amigos, continuava em companhia de amantes. Ele não se importava em ser indiscreto e despertar as más línguas de sua localidade. Era o todo-poderoso jurista respeitado e os outros não tinham nada a ver com sua vida, nem mesmo sua esposa. Para ele, a guardiã do amor era uma peça financeira importante que devia ser agradecida e submissa a sua vontade. Uma mão lavava a outra.

O problema todo consistia no fato de que a guardiã não era uma mulher comum. Pela própria natureza, era uma deusa poderosa. Uma maga responsável pela aproximação dos corações apaixonados, a qual impunha respeito. Mesmo sendo simples, não iria suportar as humilhações impostas pelo marido. Ela tinha um orgulho próprio.

Logo que soube dos atos do marido começou a questioná-lo e a exigir mudanças. Esta estratégia parece não ter dado certo, pois gerava irritação de ambos e por consequência brigas constantes. Nenhuma das partes queria ceder e se achava em seu direito de permanecer da forma que estava.

A situação avançava para uma relação dura, crua e cruel. Eles ficavam divididos: O marido necessitava da esposa para manter o patrimônio e a esposa dependia da consolidação do casamento para não ficar mal falada. Uma mulher divorciada naquela época era mal vista pela sociedade, ou seja, era sempre a culpada pelo fim do relacionamento naquele sistema patriarcal.

Capítulo XXX

O tempo foi avançando e as coisas pioraram. Pelo fato da intransigência de ambos os lados as constantes brigas verbais passaram a ser corporais com a guardiã sofrendo inúmeras violências por parte do marido. A cada momento que se passava, ela perdia mais o gosto de viver e o respeito próprio. Sua vida transformara-se num inferno consolidando o destino sugerido nas quatro chibatadas que levara desde criança.

Por que aceitara aquela proposta esdrúxula de um estranho? Em vez de um casamento feliz encontrara o desespero de não poder se defender de um brutamontes mesquinho e perverso. Por ele ser da justiça, nada podia ser feito a seu favor. Não havia lei que protegesse as mulheres nesta época.

Mesmo que toda vida ela desse causa a seus problemas agora ela não tinha culpa nenhuma, pois fora enganada por aquele homem e suas patroas que deviam ter ganhado um bom dinheiro pela farsa. Triste sina a sua, presa a um casamento sem futuro e degradante. O que fazer agora para salvar-se?

Sem nenhuma saída visível, a guardiã tomou uma decisão bem difícil. Escolhera o suicídio. Para isso, comprara secretamente um veneno. Ela sabia que se matasse o marido e ficasse viva não teria paz. Portanto, a melhor saída era acabar com aquilo de uma vez por todas.

E assim fez. Num belo domingo, preparou o almoço e colocou duas pitadas de veneno nos respectivos pratos. Serviu ao marido na mesa com gentileza e esperou ele começar a comer. Imediatamente, ele começou a passar mal, a jogar-se no chão e a sangrar. Finalmente, pouco depois faleceu. Após, foi a vez dela de comer. Teve as mesmas reações caindo ao lado do marido. Fim da história. Ao serem encontrados mortos, houve uma comoção geral na cidade e um enterro de gala.

No plano espiritual, ambos foram colocados em locais de sofrimento pela prática contrária às leis do criador. No entanto, nem tudo estava perdido. Anos depois, a guardiã iria ter uma nova oportunidade de reconciliação divina através do filho de Deus. Nele, poderia alcançar finalmente as respostas necessárias e a libertação para ser feliz. Fim da visão.

Parte Final

Ao fim da visão, nosso foco de imagem volta para a piscina onde estão o vidente, Renato e a guardiã. O batismo havia sido completado e a visão um grande sucesso. Como o clima estava bastante frio, eles fazem questão de sair imediatamente da piscina e sentam às margens dela, em cadeiras embaixo de uma armação metálica que os amparava. É a hora do vidente entrar em contato:

"Eu vi tudo guardiã e lamento muito. Muitas pessoas como você são perseguidas pela má sina e também se confundem com o próprio caminho. Eu a compreendo, pois, também passei por isso. O que meu pai ensinou foi a questão das prioridades, seguir a sua lei. Devemos dar mais valor a nós mesmos, a nossa família e ao pai que nos ama. Nunca confiar ou entregar-se completamente a estranhos, pois se corre um grande risco de sair machucado. Foi o que fiz desde que tive uma grande decepção pessoal.

"Exatamente. Hoje o mundo mudou um pouco, as relações interpessoais complicaram-se e a falsidade aumentou. Mais do que nunca, devemos desconfiar para que não soframos. (Guardiã do amor)

"Ótimo. Fico feliz que compreendeu. Seu exemplo é admirável apesar de trágico. Ensinou-me muito. Agora, estou mais livre. (O vidente)

"Obrigada. (Guardiã do amor)

"Caramba! Para mim, que sou jovem, isto é um marco. Estou ao lado de duas pessoas incríveis com trajetórias diferentes, mas que se complementam. Agora, meu "Eu sou" está totalmente desperto e pronto para enfrentar as intempéries da vida. (Renato).

"Que bom! Renato. Pelo menos assim você não vai sofrer como nós sofremos. (Aldivan)

"Tomara! Cadê o presente de nossa amiga a qual nos revelou tudo isso? (Renato)

"Sim, eu não me esqueci. Senhor Javé, meu verdadeiro pai, eu vejo todo o sofrimento da guardiã do amor em sua tentativa insana de fugir de sua luta. Vejo e me compadeço pai, pois também sofri por amor, por alguém que não enxerga minhas verdadeiras qualidades e não me corresponde. Portanto, eu absolvo a guardiã dos seus erros e te peço uma nova oportunidade para ela. Que ela reviva e que encontre seu caminho ao lado do seu verdadeiro amor! Que assim seja! (O filho de Deus)

O mundo para diante da oração libertadora do vidente. Ouve-se um barulho no céu, um fogo desce do alto e pousa na guardiã. Ela é cercada por luz e vai sendo transformada. Seu espectro de morte pouco a pouco vai dando espaço para a matéria da vida que se recria novamente. Ao final deste processo, a luz vai embora e a guardiã volta a ser um ser vivo. O milagre estava feito.

"Glória! Bendito seja o filho de Javé! Agora terei uma nova oportunidade e prometo não o decepcionar. (Guardiã do amor)

"Acredito em você, assim como acredito em todo ser humano que reconhece seus erros e tem a sincera intenção de mudar de vida. Todos são convidados para o meu reino e do meu pai. (Aldivan)

"Este é o filho de Deus, meu parceiro de todas as horas. Que tal voltarmos para junto dos outros? (Renato)

"Claro, Renato. É chegado mesmo a hora. (Aldivan)

Das margens da piscina, eles dirigem-se ao refeitório fazendo o mesmo caminho só que em sentido inverso. No caminho, passam pelas barracas, quadras entre as pedras. Chegam então no local de destino onde todos conversam alegremente. Eles acomodam-se junto aos outros e o primeiro a tomar a palavra é o vidente:

"Estou de volta meus grandes amigos, servos e companheiros. Acabo de ter uma experiência maravilhosa junto a todos vocês. Nesta aventura, aprendi a controlar e superar meus temores e minhas dores. Ensinei um pouco das personalidades do meu pai e da minha desvendando mistérios importantes. O conjunto de nossa obra mostra a verdadeira alma do filho de Deus, onipotente, onisciente, onipresente em sua glória e humanidade. O meu "eu sou" é capaz de tudo pela vossa felicidade e queria saber da sua parte em que a aventura e minha pessoa contribuíram para as suas vidas.

"Eu era a mais descrente de todas quando o conheci. Porém, algo me dizia que não faria mal eu pelo menos tentar. A minha tentativa mostrou-me um homem que eu nem sequer supunha que existisse. Um ser lindo por dentro e por fora o qual me motivou a superar os meus maiores desafios. Hoje, encontro-me com perspectivas e sem mágoas. A depressão foi vencida mesmo sem tomar remédio porque me engajei na sua causa. Quem confia em ti nunca ficará decepcionado. Viva o verdadeiro filho de Deus, o filho espiritual. (Rafaela Ferreira)

"Eu não fiz mais que minha obrigação, Rafaela. Em ti, encontrei a Maria Madalena de cerca de dois milênios atrás quando eu era um pobre judeu. Somos almas gêmeas que se encontraram graças aos prodígios do meu pai. (O vidente)

"E como você diz...... Maktub! (Rafaela Ferreira)

"Eu fiz a escolha certa. Sou suspeita por falar, pois nos conhecemos desde criança. Lembra quando brincávamos nas calçadas das ruas de Mimoso? Naquela época nem imaginávamos o que o destino preparava para cada um. Crescemos, cada um foi para seu lado, mas não deixamos de ter contato e de admirar um ao outro. Hoje, somos dois adultos em busca da felicidade e da realização e através de ti, posso dizer que o impossível se tornou possível. Aquele maldito que me machucou profundamente deixou de ser um demônio e tornou-se apenas uma pessoa infeliz merecedora de pena e este fato me libertou. Agora, posso seguir com seu apoio de irmão e de pai e no futuro contar aos meus filhos e netos que conheci o filho de Deus, Divinha do meu coração! (Bernadete Sousa).

"Eu me alegro com sua felicidade, irmã. É ótimo deixar o passado ruim para trás e seguir a vida com mente renovada. Agradeço a oportunidade de termo novamente um contato mais duradouro e espero sinceramente que siga assim, transformada. Você tem tudo para dar certo com a minha bênção e a de meu pai. (O vidente)

"Amém! (Bernadete Sousa)

"Agora somos nós, filhos de Deus. Aqui quem fala é o velho Osmar, seu antigo chefe de trabalho. Conhecer você foi um marco surpreendente na minha vida. Eu nem imaginava que aquele jovem humilde que digitava seu livro nas horas de folga do trabalho se transformasse no que é hoje. Você é um orgulho para sua vila, cidade, estado e país. Aprendi a rejeitar os meus instintos mais severos e atualmente posso dizer que estou limpo. Sua luz sufocou minhas trevas e me fez um novo homem. Bendito seja!

"Maravilha. Osmar, eu não deixei de ser aquele jovem humilde e sonhador. Apenas estou mais maduro e mais preparado para enfrentar a vida e ela ensina isto garantidamente. Sucesso para nós e nunca desacredite de si mesmo. (O vidente)

"Sim, mestre. Farei isso. (Osmar)

"Ter a honra de presenciar o que vi não é para qualquer um. Eu era a última pessoa que esperava ser compreendido e perdoado por você. Cara, eu tentei te machucar e mesmo assim sua dignidade, honra e misericórdia me acolheram. Sem sombras de dúvida, és o filho de Deus, pois ninguém faria o que você fez por mim. (Declarou Manoel Pereira).

"Eu me coloquei no seu lugar, irmão. Eu também feri algumas pessoas e olhando por esse lado ponderei mereceres uma segunda oportunidade. Eu não me arrependo de tê-lo como apóstolo. (O filho de Deus)

"Obrigado. Eu seguirei em frente transformado. Nunca mais violência, corrupção e crueldade. Serei também um filho de Deus. (Manoel)

"Assim seja! (Aldivan)

"Todos foram tocados garantidamente. Ao realizar um dos meus sonhos, você me mostrou um Deus muito maior do que o universo que já conhecia e este fato foi realmente surpreendente. (Róbson Moura).

"Sim, meu caro. Meu Deus e meu pai amado é grandioso. Através da sua graça, transformei-me no homem que sou hoje, um ser ético e comprometido com o bem social. Alegro-me em ter contribuído de alguma forma para sua visão de mundo. (Aldivan)

"Sim, eu também me alegro e farei minha parte levando esta mensagem para todos que conheço. (Róbson Moura)

"Faça. Eu, meu pai e meu irmão poderoso o abençoaremos. (O vidente)

"A sua atuação na minha vida foi primordial. Quando o encontrei, estava vivendo um momento crítico de indefinição. A sua presença me mostrou um caminho e vou seguindo sem me desviar. (Lídio Flores)

"Ainda bem! Desejo sucesso para você. (O vidente)

"Obrigado. (Lídio Flores)

"Eu me surpreendi contigo. Nunca esperei que um jovem conseguisse despertar em mim a sede de conhecimento. Isto é um dom. A aventura foi maravilhosa e graças a ela e a sua pessoa posso voltar para junto do meu marido confiante, decidida e feliz. Grata! (Diana Kollins)

"Não tem o que agradecer. Foi um prazer conviver este tempo ao seu lado. Foi muito proveitoso também. (Aldivan)

"Como sacerdote e como homem, posso dizer que o admiro. Você possui as virtudes da paciência, da persuasão, da dignidade, da fortaleza, da sabedoria e da fé. Mesmo tendo minhas próprias convicções, eu o respeito. (Ramon Gurgel)

"Eu também o admiro, padre. Sei que não deve ser fácil abdicar do mundo em nome de uma fé. Siga o seu caminho em sua Igreja e eu seguirei o meu. Ambos vão desembocar no reino dos céus, onde o mestre Jesus nos espera com os respectivos prêmios, pois quem planta colhe. (Aldivan).

"E quem espera sempre alcança. (Completou Ramon Gurgel)

"Minha fé sempre me testou. Nos momentos mais difíceis, chorava ao me sentir sozinho e impotente diante dos meus problemas. Eu me perguntava: O que fiz para merecer isso? Em resposta, escutava o silêncio. Muitas vezes eu chegava ao desespero e me agarrava na sombra de Jesus para sobreviver. Foi minha salvação. A minha fé só fez crescer com sua presença e aprendi que nem tudo está perdido. Sim, existem pessoas em situações piores do que eu: mendigos, menores abandonados, prostitutas, agiotas, corruptos, pessoas sem alma, incompreendidos. Tenho sorte que meu problema pode ser controlado tendo uma vida praticamente normal. Então, não tenho do que reclamar. (Rafael Gonçalo)

"Eu também tenho muitos problemas, Rafael. O importante é nunca desistir ou entregar-se. Com fé alcançaremos o milagre no tempo do pai. (Aldivan)

"Amém! (Rafael Gonçalo)

"Vivi todo o meu tempo num dilema de sorte e azar. Venci, perdi e me compliquei. Minha maior sorte foi conhecer alguém tão especial como Aldivan e seus companheiros. Hoje, minha sorte mudou. (Godofredo cruz)

"No jogo da vida, a melhor opção é o caminho da direita. Nela, terás a proteção dos anjos e do meu pai. Diga não ao jogo e às trevas e nunca mais provarás do azar. (Prometeu o vidente)

"Eu já o fiz. Bendito seja Javé e seu filho que me amam verdadeiramente. (Godofredo Cruz)

"Seja bendito também todo aquele que crer em meu nome, do meu pai e do meu irmão. Estes reinarão no tempo futuro. (Aldivan)

"Matar ou morrer era minha vida. Quando encontrei os caminhos de Deus, renasci para a vida. Nunca mais o mal prevalecerá em mim e desejo sinceramente a quem estiver lendo este livro que tome uma atitude. Basta querer fazer o bem. (Katerine Caldas)

"Juntos podemos mais, irmã. Vai dar tudo certo. (O vidente)

"Irmãos, este é o homem que Deus usou para curar-me. Como não poderia ser agradecida a ele? Das trevas encontrei a luz e esta luz se chama Aldivan Teixeira Tôrres. Por ele, os anjos cantam e honram a Deus diariamente. (Rubiana Moreira)

"Eu não fiz absolutamente nada. Somente Javé tem o poder para tal. A ele toda honra e glória sempre. (Aldivan)

"Sempre! (Rubiana Moreira)

"Estou também transformada. Realmente o filho de Deus é sensacional! Através dele, recuperei o dom da vida e agora sonho com a liberdade e a felicidade perdidas mais uma vez. Agora só resta acabar com a maldição das quatro chibatadas. (Guardiã do amor)

"A maldição terminará agora, pois eu quero. Nunca mais haverá dor ou sofrimento por causa dela, pois o ser humano foi criado para ser feliz e eu como representante do pai ordeno que o estigma seja cessado de uma vez por todas. Em nome de Javé, tudo dará certo. (Aldivan)

"Creio, pois, suas palavras têm força diante do onipotente. Muito obrigada! (Guardiã do amor)

"Eu não faria nada que não fosse da vontade do meu pai que está nos céus. (Aldivan)

"Este é meu companheiro de aventuras e parceiro. Nos conhecemos há algum tempo e desde o primeiro momento que entramos em contato percebi o qual especial ele é. Mais do que o filho de Deus, ele é um exemplo de ser humano. Na aventura atual, consolidamos nosso trabalho que é formar um círculo de pessoas dispostas a praticar o bem. Como ele mesmo disse uma vez, a noite escura nunca mais há de o assaltar. (Renato)

"Renato, meu velho jovem amigo, você também um exemplo. O que seria do vidente sem sua ajuda nos momentos cruciais? Eu mesmo respondo: seria apenas um homem comum. Graças a sua ajuda, estamos no quinto episódio de nossa trajetória. Que venha mais e mais emoções em nossa vida e que conquistemos o mundo conforme prometido. (O vidente)

"Assim será. Tenho certeza. Continuemos na batalha juntos! (Renato)

"Um por todos e todos por um. (Aldivan)

"Por Javé! (Renato)

"Por Javé! (Repetem os outros)

"Como cresceu meu protegido. Tenho muito orgulho de ser seu mentor no mundo espiritual e terreno. A cada momento, agradeço ao criador por fazer parte da vida de um ser tão abençoado. Saiba que daria a vida por ti. (Uriel)

"Meu amado Arcanjo Uriel, espero contar sempre com sua força que me protege dos inimigos. Eu também o prezo muito. (Aldivan)

"Eu sei. (Uriel)

"Minha milícia celeste está toda a sua disposição, vidente. Seu pai não nos perdoaria se falhássemos em sua proteção. Como está escrito, o levaremos nos braços para que não tropeces em nenhuma pedra. (Rafael Potester)

"Agradeço a dedicação e prometo os melhores cargos do meu reino para você e os mais fiéis súditos. No meu reino não haverá mais dor, sofrimento, fome, miséria, incompreensão ou intolerância. Exemplo disso são meus apóstolos: uma depressiva, uma mulher que provocou aborto, um pedófilo, um corrupto, um criminoso, um ufólogo, um evolucionista, uma sexóloga, um sacerdote, um esquizofrênico, um jogador profissional, uma matadora de aluguel, uma cega e uma amaldiçoada, ou seja, a ralé humana. Mesmo assim não os condeno, eu os resgatei do lixo humano e com minha luz os fiz "Filhos de Deus", O Deus de Abraão, Isaac, Jacó, Jesus, Francisco Xavier, Maomé, Sidarta Gautama, dos filhos de Iemanjá, do terreiro, dos pobres, dos Arcanjos, enfim de todas as denominações. "Eu sou" revelou-se como verdadeiramente é. (Aldivan).

"Aplausos para nosso mestre! (Rafaela Ferreira)

O restante do grupo obedeceu ao pedido de Rafaela e o vidente se emociona. Nunca, em nenhum momento da vida, esperava ser tão benquisto. Para agradecimento, acena para seus apóstolos e juntos formam um grande círculo. Ali, realizava-se mais um milagre incompreensível: O fenômeno da união. Opostos e iguais ao mesmo tempo. A partir dali, estavam incumbidos de esforçar-se para divulgar o maior fenômeno de todos, a volta do Filho amado entre os homens. O homem que veio para desbancar os "falsos profetas" e a Roma corrupta. Quem tiver ouvidos para ouvir, que ouça.

Ao término da manifestação, o vidente entra em contato novamente:

"Bem, aproveitemos bastante o dia, meus amigos. Tudo está resolvido e devemos relaxar um pouco. Amanhã iniciaremos a viagem de volta e cada um seguirá seu destino como o pai quer. Estão dispensados. (Aldivan)

Dito isto, junto e separado, cada um aproveitou das comodidades do hotel. Tinham como atrações a piscina, o salão de jogos, quadra para a prática de esportes, gramado, pátios, bares, a explosão vegetal em volta, a rua em frente. Não seria monótona a passagem, pois a maioria deles sequer conhecia a capital.

No final do dia, após muitas emoções, deslocam-se aos seus quartos onde iriam aprontar suas malas e descansar da viagem e dos trabalhos. E que aventura! Mais de duzentos e cinquenta quilômetros em linha reta. Estavam satisfeitos.

No dia posterior, logo após algumas tarefas essenciais como tomar banho, escovar os dentes, trocar de roupa, cuidar da beleza e comer o desjejum, eles ligam para o serviço de táxi urgentemente. Saem do hotel e esperam um pouco na entrada do mesmo pelas conduções. Com a chegada de três veículos, eles acomodam-se com suas malas e é finalmente dada a partida. O primeiro objetivo é chegar na rodoviária do Recife que distava cerca de vinte quilômetros do ponto em que se encontravam.

Enfrentando um trânsito caótico comum a uma metrópole, nossos amigos têm a oportunidade de aproveitar toda a beleza urbana da cidade. Passam por Igrejas, casas históricas, avenidas importantes num movimento circular constante. Além disto, tem a oportunidade de revisitar o homem urbano com seus trejeitos e ritmo frenético, tipo comum após a explosão populacional e consequente crescimento das cidades.

Tudo é maravilhoso e importante nestes últimos momentos de aventura. Ali, cada qual absorvera o máximo possível de informações e crescera conjuntamente. Finalmente encontraram o seu "Eu sou" tornando-se uma raridade em relação ao resto da população. Isto porque a maioria prefere enganar a si mesmo a ter que encarar a sua dura realidade. A ilusão e as exigências duma sociedade que ostenta uma falsa moral têm um maior peso em suas vidas e era isto que o filho de Deus abolia. Para ele, todos tem a liberdade de se aceitar e viver sua vida como deve ser, pois ninguém pode julgar ninguém. O mais importante de tudo é ser feliz e isto só é possível com a verdade.

Que pena que tudo isto ainda é uma utopia! Cientes disso e da grande tarefa de conscientização geral que se apresenta pela frente, eles avançam através dos veículos e cerca de quarenta minutos depois já se encontram no terminal rodoviário. Logo que chegam, compram as passagens e por uma grande sorte o ônibus está no ponto de partida. Um a um vão adentrando no veículo e acomodando-se nas poltronas vazias. Não demora muito e chega o horário da saída do meio de transporte.

Do bairro da várzea busca a rodovia BR 232 que corta a cidade. Vivendo as mesmas emoções de sempre, eles percorrem boa parte da cidade até alcançar a rodovia duplicada. Mais folgados, afastam-se da capital e, nessa altura, os sonhos de cada um começam a tomar cor e forma.

Seguindo na direção oeste, eles passam por moreno, Vitória de Santo Antão, Pombos, Gravatá, Bezerros, Caruaru, São Caetano, Tacaimbó, Belo Jardim, Sanharó, Pesqueira e finalmente Arcoverde. Em cada ponto desses, desce um sonhador em busca de um novo caminho. O que ficara marcado em todos era a personalidade do filho de Deus, um rapaz bacana, cheio de sonhos, sem preconceitos, humilde, respeitoso, puro, lindo por dentro e por fora o qual conseguia amar a humanidade inteira. Mesmo sendo o mundo cheio de pecados, ele não se importava. Ele o pai fez surgir o ser humano e o fizeram a sua imagem e semelhança pelo seu muito amor. Por muito amor, o pai o enviara em duas reencarnações até o momento: na figura de um judeu filho de carpinteiro e na figura dum camponês que pelos seus esforços próprios cresceram na vida. Agora, sua missão resumia-se em aproximar o ser humano e o criador distanciado pelos efeitos modernos. Além disso, como homem que era buscava a felicidade ao lado de alguém especial, um alguém que se conhecia ainda não se revelara para ele. Mas como diz o sábio ditado, há tempo para tudo e pela sua bondade e generosidade merecia isto. Boa sorte a todos os personagens, a todos os leitores que ainda não encontraram a si mesmos e a mim, que tanto batalho. Um grande abraço a vossos corações e continuem acompanhando a série o vidente a qual promete muitas aventuras e surpresas. Fiquem com o pai. Eu vos amo, irmãos, até a próxima.

FIM

CPSIA information can be obtained
at www.ICGtesting.com
Printed in the USA
BVHW051007180821
614615BV00015B/1030